KB102735

내
마음의

빈
공간

내 마음의 빈 공간

영혼의 허기와 삶의 열정을 채우는
조선희의 사진 그리고 글

INFLUENTIAL
인 플 루 엔 셜

우리 모두의 마음에는 빈 공간이 있다

나의 마음은 여전히 20대다. 언제나 20대로 살아가고 싶다. 그래서일까. 아직 20대인 나는 여전히 좌충우돌이고 힘들고 아프다.

이런 나를 두고 누군가는 말한다. 좀 더 내려놓고 살라고, 좀 더 내려놓는 법을 배우라고. 나이에 맞게 살라고, 행동하라고. 너는 지금 틀렸다고.

과연 그럴까? 나이에 맞게 사는 건 누가 만든 기준일까? 사람들은 저마다 추구하는 삶의 가치가 있다. 그것이 나와 맞지 않는다고 해서 함부로 틀렸다고 말할 수 있는 걸까?

삶에서 틀린 것이란 없다. 그저 다른 삶이 있을 뿐이다. 나는 남과 다른 것이지, 남보다 틀린 것이 아니다.

그러니 속상해할 이유도, 굳이 아니라고 설득할 필요도 없다. 나는 나대로 다른 삶을 추구하면 될 뿐이다. 평온함을 회복하는 데 집중하며 어색함을 견디면 될 뿐이다. 그러면 나와 같은 사람이 점점 더 많아질 테지.

때문에 나는 아직 20대인 내가 좋다. 채워지지 않는 마음의 허기를 하나씩 채워가는 일이 좋다. 마음의 빈 공간이 더 많아지면 좋겠다. 그로 인해 내 삶의 열정이 점점 더해질 것이기에.

비단 20대가 아니더라도 누구나 마음 한켠에 빈 공간이 있을 것이다. 그 공간에서 누군가는 가슴 뛰는 시간을 보냈고, 누군가는 고난의 시간을 보냈으며, 누군가는 열병을 앓는 시간을 보냈을 것이다. 어떤 시간을 보냈든 그 빈 공간을 아름답게 기억하리라 의심치 않는다. 그 공간이 바로 나를 만들었기에.

그러니 텅 빈 마음의 공간을 두려워할 필요가 없다. 당신이 그 빈 공간에서 무엇을 하느냐에 따라, 무엇을 채우느냐에 따라 당신의 삶은 더욱 빛날 것이다.

사진가인 나는 그런 나의 시간을 사진과 글로 탄생시켰다. 나의 빈 공간을 채워가는 '생각의 번짐'을 카메라로 펜으로 오롯이 남겨두었다. 그 생각의 번짐을 당신들과 함께 나누고 싶다. 그로 인해 당신들의 생각이 산산이 흩어져버리기 전에 붙잡아서 세상 밖에 내놓을 수 있기를 가만히 바란다.

2018년 가을

조 선 희

차례

기억의 창고에서

나를 사유하다.

첫번째, 기록

1

모든 기억은 기억자의 편의대로 편집된다지만,

사진은 더욱 사진가의 기억대로 그 순간들이 편집되기 쉽다.

나의 기억들을 누군가에게 검증받을 수 없으니

이 글 또한 사실이 아닐 확률이 높다.

2

모든 기록은 기억하려는 자의 노력이다.

기존 시스템에 편입되지 않겠다는 신념.

현재의 상태를 깨부수겠다는 의지.

3

내가 메모를 하는 것은 점점 얇아지는

내 기억의 창고를 더 깊고 더 견고히 하기 위함이다.

언젠가 나의 육신의 에너지가 모두 소진된 채

말라가는 꽃처럼 되어버릴 때, 하나둘씩 꺼내어

내가 보고 응시하고 듣고 느끼고 혀로 감지한

추억들을 되새김질하고 싶어서다.

뭔가 쓰고 기록하는 것에 얽매이고 싶지 않아
아무것도 쓰지도 남기지도 않았더니,
나를 다스리고 쓰다듬게 되었다.

내 이름은 아버지가 지어주셨다. 처음에는 내 이름의 한자를 착할 선善, 빛날 희熙라고 했다고 한다. 그런데 사주를 보니, 팔자가 너무 강하다고 해서, 이름을 부드럽게 바꿔줘야겠다 생각하셨다고 한다. 그렇게 해서 '빛날 희'가 '계집 희姬'로 바뀌었다.

착할 선, 계집 희. 착한 여자아이라는 이름이 마음에 들었을 리 없다. 마치 이름에 반항이라도 하듯이, 나는 오히려 사내애처럼 험하게 살았다.

이제 알 수 있다. 계집처럼 얌전히 살라는 게 아니라, 사주대로라면 너무 힘들게 살 딸이 안쓰러웠던 것이다. 그래서 힘들지 말라고, 아픈 일 겪지 말라고, 이름이라도 바꿔주셨던 것이다. 아버지의 그 마음을 이제는 알 수 있다. 운명을 사람의 사랑으로 이겨내라는 마음이었던 것이다.

사람들은 나약해질 때 운명을 말한다. 내 이름 글자가 이래서, 이런 인생을 살게 된 거래. 내가 태어난 해가 그래서, 이런 일이 벌어지는 거래. 그런 이야기를 한다.

하지만 운명이 결정할 수 있는 일보다 인간의 힘으로 할 수 있는 일이 더 많다. 아버지가 딸의 이름을 바꿔주는 것부터가 그런 일이다.

운명 따위는 자존감의 결여로 주술적 힘을 믿으며 만들어낸 상상력의 산물에 불과하다. 살면서 어떤 일이 일어날 때마다 운명의 어떤 신호라고 믿었던 건, 나의 연약하디연약한 자존감의 붕괴에 기인한 것이다.

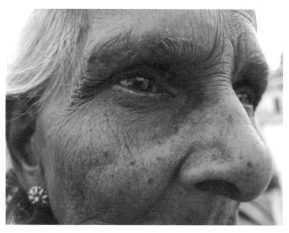

'열정'이라는 미명 아래 너무 빨리 달려와 버렸다. 브레이크가 고장 난 자동차에 탑승한 채 그 속도감에 익숙해지며 그것이 평균 속도인 양 살아온 나를 문득 느낀다. 밀란 쿤데라의 느림과 기억, 빠름과 망각의 내밀한 관계에 대한 문장을 읽으며 더욱 한 대 치받힌 느낌이다. 서른을 넘기며 또렷이 기억나는 일들이 많지 않았다. 누군가 "그때 그랬잖아"라고 같이한 기억들을 꺼내 놓으면 내 기억의 페이지는 페이드아웃되어 까뭇까뭇하다. 너무 빨리 달려온 거다. 어떤 기억들을 저장할 만한 여유와 느림이 없었다. 레이캬비크를 떠나는 비행기 안에서 가지게 되는, 가질 수 있는 사색의 시간이 문득 내 삶을 초라하게 만든다. 무엇을 위해서였을까?

어느 90세 노인이 지나온 인생을 돌아보며 썼다는 문구 중 "당신 외에는 아무도 당신의 행복을 책임지지 않습니다"라는 말이 가슴을 먹먹하게 만든다. 누구도 나를 내 삶 위에 던져 놓지 않았지만….

문득 생각한다. 난 행복한가? 에피쿠로스의 쾌락주의 이론처럼 아주 보잘것없을지라도 나 스스로 쾌락을 느껴본 적이 언제였던가.

마음의 소리를 듣다

하나를 선택하려면 하나를 놓아야 한다.
버리기 힘든 것을 버려야 할 때가 있다.
어딘가에 여행을 가기만 해도
몇 가지를 버려야 하는지 모른다.
버릴 때는 내 마음의 소리에 따라 선택해야 한다.
내 마음의 소리를 더 열심히 들어야 한다.

21

내가 열정이라 단언하는 것늘이
욕심인지 아닌지 나는 모른다.
어쩌면 세월이 더 지나 죽음 앞에
서 있을 때까지 모를지도 모르겠다.
내가 아는 유일한 것은
나는 열정과 욕심 사이에 서 있고
그것이 내가 살아갈 에너지라는 것이다.

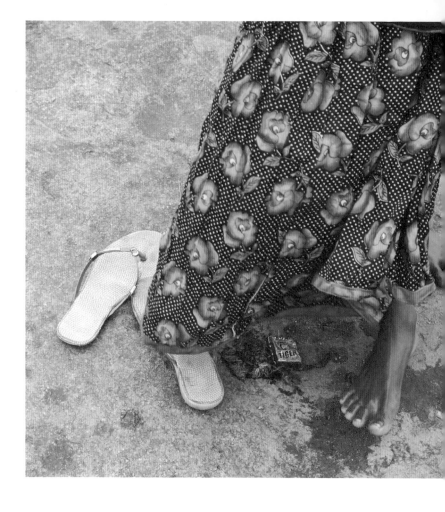

두 켤레의 신발

스님이 된 친구 효원은 늘 지금 죽음을 준비해야 한다고 말했지만 잘 이해되지 않았다. 내일보다 내생이 먼저 올 수 있다. 즉 오늘 밤에 죽을 수 있다는 거다. 누구나 그걸 안다. 그러나 아무도 그게 내 일이 될 수 있다고 생각하지 않을 뿐이다. 중생인 우리들이 인정하고 받아들이기 쉽지 않은 명제. 나도 누구도.

효원이 말했다. 집에 돌아가면 두 켤레의 신발만 남기고 정리하라고. 그때는 그 말의 아주 일부만 어렴풋이 이해되었다. 그 많은 신발 중 어떻게 두 켤레만 남기지. 우매하고 우매한 생각이었다. 물론 지금도 난 두 켤레의 신발만 남길 수는 없다. 그러나 나를 어떻게 정리해야 하는지 조금은 알겠다.

마라케시에서 책을 읽다가 '마음껏 편하게 말할 수 있는 상대를 통한 치유'라는 문구를 보았다. 효원을 떠올렸다. 내게도 그런 이가 있다면 효원일 거다. 마음에 신발 두 켤레만 남기는 법을 알려준 사람. 내 마음의 여행지. 내 속 깊은 곳에서, 나도 두려워서 꺼내보지 못한 것들을 끄집어내어 청명한 바람을 쐬어주는 곳.

친구

친구는 무너질 듯 힘들고 희망을 잃었을 때
내 인생의 좋았던 것을 기억해주는 이다.
가끔 스스로를 충분히 믿지 못할 때
그럴 때조차 나를 믿어주는 이다.
나를 도와주기 위해 어려운 순간도 마다하지 않는 사람.
우리 스스로가 자신에게서 찾지 못한 좋은 것을 볼 수 있는 이다.
문득 보고 싶어 하릴없이 문자를 보내거나 전화를 해주는 이.
내겐 그런 친구가 몇이나 될까 손가락을 접어보는 날이 있다.

나이 들어서 좋은 것

나이가 들어서 더 괜찮은 것도 많다고 말할 수 있을 때가 내게도 곧
올 것 같다. 나이가 들어 덜 흔들리고 더 묵직해져, 가벼운 것들에도
상처받았던 긴 젊음의 터널을 지나온 나에게 박수를 보낼 수 있는 날
들이 내게도 올 것 같다.

우마라는 레스토랑에서는 꼬부랑 할머니가 카운터에 계시고, 꼬부랑 할아버지가 홀에서 주문을 받고 서빙을 했다. 우리가 하는 말에 귀를 기울이지 않으셨다. 주문을 받은 건지 아닌 건지 구분이 안 갔다. 저쪽에 단골인 듯한 노신사가 식사를 하고 있었다. 매우 생소한 요리를 맛나게 즐기고 있었다. 동행의 만류에도 불구하고 나는 노신사에게 궁금함이 가득한 눈으로 요리 이름을 물었다. 그는 사람 좋은 웃음을 보이며 먹어보라 했다. 난 기꺼이 내 작은 접시를 갖다댔다. 그래, '사람 사는 건' 이런 거다. 이런 곳이 사람 사는 곳이다.

혼자 혹은 여럿이

사진가가 사진을 찍을 때 누구에게도 간섭받지 않는 것처럼 보일 거다. 그러나 사진을 찍는 내 뒤로 수많은 사람들이 있다. 클라이언트, 스태프, 아트디렉터, 헤어디자이너, 스타일리스트 그리고 카메라 앞에 앉아 있는 모델과 배우까지. 나 혼자만의 생각도 분명하게 알아차리기 힘든데, 수많은 사람들의 생각을 다 반영하여 하나의 셔터를 눌러야 한다. 결국 찍는 순간에는 혼자다. 세상 일의 대부분이 이렇다.

자신을 바꾸려면 1000일이 필요하고
남을 바꾸려면 1만 일이 필요하다.

어느 책에서 이런 구절을 읽었다.

"창의성은 결국 '남과 다른 생각'이다. 다른 생각은 그냥 떠오르지 않는다. 무언가 문제의식을 느끼고 그것을 해결하려고 애쓰는 과정에서 얻게 된다."

애쓴다, 이 말이 이토록 가슴에 와 닿기는 처음이었다. 그동안 애쓴다는 말은 왠지 부정적인 의미를 내포한 듯했다. '노력하지만 잘 안 되는' 이런 뜻으로 여겨왔다. 그런데 애쓰며 노력해서 얻는 경험이야말로 창의성의 출발이라니.

시도해보고 부서져보고 절망해보고. 그럼에도 포기하지 않을 때 새로운 아이디어가 떠오르는 것이다. 누구도 하지 않았던 무엇인가가 찾아지는 것이다.

니체가 말한 독창성에 대한 정의 또한 그러했다.

"독창성이란 우리 모두의 눈앞에 있지만 아직 이름이 없으므로 불릴 수 없는 어떤 것을 보는 것이다. 인간 세상에 있는 평범한 것, 그것이 이름이 있어 비로소 사물로 보이는 것이다."

"고통이 있는 곳을 향하겠습니다."

스물일곱 청년의 나이에 머리를 깎고 절식과 좌선, 고난의 장소에서 여름과 겨울 두 계절을, 20년 가까이 수행하고 수행하던 내 어린 시절 풋사랑이 준 말이다.

자신을 조금이라도 알려면

100일의 수행이 필요하고

자신을 조금이라도 바꾸려면

1000일이 필요하고

남을 바꾸려면

1만 일이 필요하단다.

100일 108배를 하는 동안 품고 있어야 할 나의 명제였다.

그럼에도 불구하고

그럼에도 불구하고.
내가 제일 좋아하는 부사다.
말할 때 어떤 음율이 느껴져 자꾸 속으로
되뇌이게 되는 단어라는 이유다.
그럼에도 불구하고.
포기하지 않을 것 같은
단단한 어감이 들어 있어서 좋다.
내가 아무리 어려운 상황에 봉착했을 때도
그럼에도 불구하고,
라는 이 여덟 글자를 되뇌이면,
내가 포기하지 않을, 숨어버리지 않을 이유가 된다.

촌스럽고
융통성 없었던 나

비행기 기내식을 먹는데, 플라스틱으로 만들어진 미니멀한 수저 세트가 마음에 들었다. 여행 가서 쓰면 요긴할 것 같아 스튜디어스에게 새것으로 하나 달라고 부탁했다. 순간 20년 전 기억 하나가 떠올랐다. 스물넷이었던가 다섯이었던가. 처음 비행기를 탔다. 모든 것이 새롭고 놀라웠겠지만 지금까지도 기억에 남아 있는 것은 기내식에 딸려 나오는 수저 세트였다. 작고 귀여웠다. 갖고 싶었다. 기내식을 먹는 것조차 잊어버린 채 나는 고민에 빠졌다. 이걸 가져가면 훔치는 건가? 그러는 사이 내 가방에는 그 앙증맞은 것이 들어가 있었다. 사실 지금 생각해보면 그리 앙증맞지도 않은, 조금 작은 스테인레스로 된 수저 세트에 불과했다. 난 내내 마음이 불편했다. 훔쳤기 때문이다. 사실상 훔친 게 아니었지만 내 마음은 그러하였으므로 그건 훔친 게 맞다. 지금처럼 그냥 당당하게 부탁했으면 됐을 텐데.

가구가 새로 집에 들어오면 처음부터 제자리를 찾기 힘들다.

이 자리에 놓을까 저 자리에 놓을까 수십 번 고민하다 놓은 자리가 딱 그 가구를 위한 자리일 때도 있겠으나, 며칠 후 혹 몇 달 후 그 자리가 아닌 듯하여 또 자리를 바꿔보게 마련이다. 그러던 어느 날 문득 녀석의 자리가 보여 옮겨보았더니 무릎이 탁 쳐졌다. 그래, 이 자리였구나. 포기하지 않고 계속 녀석의 자리를 고민한 내가 조금 기특해지는 순간이다.

내 집에 들어온 가구나 물건도 그러한데 사람이라고 다를까? 한 달 혹은 두 달을 채 버티지 못하고 나가는 어시스턴트 친구들이 생각났다. 한두 달을 못 버티고 나가는 것이 꼭 본인만의 문제는 아니었다.

난 그 사실은 외면했던 거다. 사람의 역량이나 크기만큼의 '자기 자리'라는 공간, 그 공간을 가지는 데에는 약간의 흔들림과 뒤틀림이 필요하다. 가구를 이리저리 옮기며 자리를 찾듯, 그들의 뒤틀림과 방황을 보살펴 자리를 찾는 데 도움을 주는 게 옳았다.

새 건물을 지으면 건물의 구조물과 땅이 잘 맞물리기 위해 조금씩 움직이면서 서로 이를 맞춘단다. 그래서 가끔 창문이나 문틀, 바닥이 조금씩 엇나가거나 살짝 금이 가거나 하는데, 그것들 때문에 그 건물이 잘못되지는 않는다고 한다. 그러다 보면 그 건물은 안정이 되고 꽤 쓸 만한 것이 된다는 거다.

어딘가에서 들은 말인데 사람을 대할 때 가장 쉬운 방법이 포기란다.

아마도 이 세상에 완전한 사랑 따위는
존재하지 않을지도 모른다.
인간이 그것을 이뤄내기에는 너무 이기적이니까.
그래서 꿈꾼다. 완전한 사랑이 아니라
여전히 심장을 요동치게 하는 사랑을.

삶은 살아 견디는 것이라고 했다.
사는 것이 뭔가?
견디는 것이 뭔가?
그리고 무엇을?
자신의 상태에만 집중하면 자신이 보이지 않는다.

내 안에 사는 수많은 나에게 무심해지기,
그런데 정말 무심해질 수 있다면
그건 이미 내가 아닌 건 아닐까

어느 순간 어떤 것의 본질이나 핵심을 예전보다
훨씬 빨리 깨닫거나 느끼게 되는 나를 발견한다.
어떻게 이렇게 되었을까.

가랑비에 옷 젖듯이 지금껏 살아오면서 겪은 크고 작은
일들이 지금의 눈을 가진 사람으로 성장시켜 놓았겠지.
통찰은 그렇게 만들어지는 것이다. 가랑비에 옷 젖듯이.

버릴 수 없다면

이미 생긴 마음인데
버리고 싶다고 버려지지 않는다.
그냥 잘 안고 갈 수밖에.

보이는 것만 보지 않기

어느 날 손을 보았다.
얼굴이 늙어가는 걸 보느라
몸도 늙어가고 있음을 깨닫지 못했다.
얼굴에 이것저것 발라대고 신경 쓰느라
손이 이렇게나 늙어버렸는지 몰랐다.
내 몸이 얼굴만 있는 건 아닌데 말이다.

셀카가 가르쳐준 것

늘 멋지고 완벽한 모습으로 보이기 위한
노력은 자신을 힘들게 만들 뿐이다.
지금 뚱뚱하고 늙어 보이게,
실제보다 잘 못나왔다고 여겨지는 셀카도
언젠가는 그리워할 추억이 되게 마련이다.
평생을 살며 내가 맺을 가장 깊은 관계는
바로 '나 자신'과의 관계이다.

나도 잘 느끼지 못하는 사이, 나는 나 자신을 까발리며 그것이 진실되게 솔직하게 사는 것이라고 믿어왔다. 너와 내가 비밀 없이 모든 것을 공유한다면 정말 솔직한 걸까? 나를 바라보는 사람들에게 나쁘지 않은 평가를 받으려고, 보여주기 위한 행동을 하는 거짓된 삶을 은폐하기 위한 나의 계략일지도 모른다. 솔직함을 가장한 은폐, 나의 치사함과 유치함과 비굴함을 가리기 위한….

솔직함이 나의 투박한 거침을 상쇄시켜주고, 누군가에게 준 상처의 면죄부가 될 수 있다는 어떤 착각에서 비롯된 게 아닐까?

조금 덜 솔직하고, 서로 비밀을 덜 나눠 가진 관계가 훨씬 더 편안하고 아늑하다는 걸 이제야 깨닫는다.

사랑에 대한 갈구가 없는 삶은
아마 지루하기 이를 데 없을 거다.

레이캬비크의 작디작은 다운타운을 거닐며 우연히
들여다본 거리의 광고 책자. 거기서 본 한 장의 사진은
나의 오래된 실타래를 단숨에 풀어버렸다.

기괴한 인형들을 찍고 모아온 날, 나의 알지 못할
비밀의 문을 찾았다. 난 그 낡은 인형들,
기괴한 인형들에게서 죽음의 형상을 본 것이었다.

철이 든다는 것

많이 부드러워졌다는 말을 들을 때,

내가 철들었구나 생각한다.

하지만 자꾸 철들어가는 내가 그리 유쾌하진 않다.

어쩌면 더 투박하고

사람들이 너무 강하다고 나무랐던 그때가

내가 가장 순수했던 시절이었다는 걸 깨닫는다.

고통을 믿는다면 부디스트다.

고통은 객관적인 현실이 아니다. 한 개인의 느낌일 뿐이다.

많은 사람이 고통이라고 느끼는 어떤 현실조차도

진짜가 아니다. 그것은 착각이다. 행복도 그렇다.

행복은 느낌일 뿐이다. 그러니 행복해지기 위해서는

행복을 느끼는 방법을 알아야 한다. 행복도 개인의 느낌이다.

고통이 객관적 현실이 아닌 것처럼

행복도 마찬가지다.

내가 남에게 상처를 준다고 생각하는 사람은 별로 없다. 많은 사람들이 내가 남에게 상처를 입었다고 생각한다. 누군가가 다른 누군가에게 상처를 준다는 것. 내 생각에 그건 불가능하다.

누군가의 어떤 말에 상처받았다는 건 나의 불완전한 자아에서 비롯된다. 스스로 그 말을 끊임없이 곱씹기 때문이다.

사람들은 안에 들어 있는 진실은 잘 들여다보지 않는다. 누군가가 들려준 그 말의 표피만 보고 상처받았다고 울부짖는다. 마치 상처받을 준비가 되어 있는 것처럼.

상처 입었다 여겨지는 말들을 잘 들여다보라. 그 안엔 어떤 식으로든 상대방의 다른 진심이 숨어 있게 마련이다. 비난이 잘못된 사랑일 수도, 질투가 존경일 수도, 뒷담화가 부러움일 수도 있다. 그것이 나에게 오히려 아름다운 것인지 아닌지 그것을 들여다보아야 한다.

이것으로 충분해

여행을 가서 숙소의 침대 끄트머리에 앉아 가방 안에서 세면도구를 꺼내며 깨닫는다. 이 짐들 중 절반은 필요 없었음을. 짐을 쌀 때는 그걸 잊어버린다. 이 옷이면 될까? 추우면 어떡하지? 컵라면보다 봉지라면을 가져갈까? 배터리는 충분할까? 아마 책 네다섯 권은 읽을 수 있겠지?

그러다 보면 여행용 가방은 터질 듯이 가득차고 마음은 뿌듯하다. 그러나 공항에 내리고 수하물을 찾는 트레일에서 가방을 내리는 순간부터 부끄러워지기 시작한다. 택시 드라이버에게 부끄럽고, 숙소에 도착해서 계단을 오를 때도 부끄럽다.

짐을 너무 많이 싸지 말아야지. 언제나 주문을 외운다. 이것으로 충분하다. 충분하다.

"비극적 경험이 예술의 유일한 원천이다." — 마크 로스코

마크
로스코

"그림에서 제일 중요한 것은 사유야. 나머지는
기다림이야. 복잡한 사고의 단순한 표현. 적어
도 난 괜찮지 않아. 우리 모두 괜찮지 않겠지.
내 그림은 괜찮지도 않고 예쁘지도 않잖아."
"회화란 경험에 관한 것이 아니라 경험 그 자
체다."
심장에 꽝 박힌다.
크고 작은 색 덩어리들이 나를 빨아들인다.
그의 그림 속엔 알 수 없는 공간이 있다. 마치
정체를 알 수 없는 블랙홀처럼.

"비극적 경험이 예술의 유일한 원천이다."

"내가 가장 두려운 건 빛의 부재라네. 블랙 같은 어두움. 아니 죽음 같은 거. 내가 가장 두려운 것은 언젠가 블랙이 레드를 삼켜 버릴 거라는 거야."

레드를 남기고 그는 죽음을 선택했다.

가장 두려워했던 빛의 부재, 죽음 속으로 떠났다.

소문이라지만 난 진짜 피로 그린 건 아닐까 하는 의문이 들었다. 그의 레드 칼라에서는 삶을 열망한 사유만큼 강렬한 피 냄새가 나는 듯했다. 그리고 나는 오랫동안 침묵의 공간에 앉아 있었다. 사유로 가득 찼던, 그의 피로 그린, 그 속으로 빨려 들어가고 싶었다.

무한의 흐름에서
나를 치유하다.

두번째, 시간

1 　시간이 흐른 것만으로도
　　영원할 것 같았던 아픔이 흐려진다.

2 　나이 들어도, 시간의 축적이 이뤄져도
　　마음속 깊은 불안과 욕망을
　　잠재울 수 없다는 것이 고통이다.
　　나이 들어 더 좋아지는 것들의 목록을 적어보기로 한다.

3 　친구가 말했다.
　　작은 바람에 일렁이는 잠깐의 흔들림일 수도 있으니
　　참아보란다. 시간을 두고 기다려보란다.
　　시간이 잠깐의 흔들림인 아닌지 보여줄 거라고 멈춰보란다.

난 언제나 시간의 흔적을 찾아 헤맸고,

그 흔적들을 사진으로 모아왔으니,

내가 찍은 물건은 내 삶 자체이기도 하다.

그것들로부터 멀어진 삶,

그것들이 없는 삶 속에서

나의 본질은 존재할 수 있는 걸까.

나의 자아는 있을 수 있는 걸까.

달콤한 말이 필요해

여전히 잘하고 있다.
계속 잘할 거다.
무엇을 선택하든 다들
나를 응원해줄 거라는 말이 좋다.
달콤한 그 말이 너무 좋다.

난 점점 회색이 되어간다.
그전에는 빨강색이었던 적이 있다.
더 전에는 보라색이기도 했다.
이제는 회색이 되어가고 있다.

빨강 파랑 노랑이 마구마구 뒤섞여
잡색이 도는 회색이 되었다.
나를 잃어가는 것일까?
오히려 성장하는 것일까?

사랑의 이유

우리 대부분에겐 사랑해선 안 될
100가지 이유가 있지.
그래도 사랑을 선택하고 싶다.
사랑해야 할 한 가지 이유를 찾아서
사랑하기로 한다.

가끔 이제 그만 여기까지 살고 싶을 때가 있다. 배터리가 방전된 로봇마냥 딱 지금 멈춰버리고, 영혼도 무엇도 존재하지 않고 사라져버리고 싶을 때가 있다. 이건 죽고 싶다는 것과는 완전 다른 생각이다. 내가 불행하거나 힘들어서가 아니다. 매 순간 모든 힘을 짜내 내게 주어진 이들에 충실했다. 그래서 이제 그만하고 싶다는 생각이 들 때가 있다. 그럴 때, 한참을 빈둥거려보라. 내 삶의 연속선에서 빠져 나와 있는 그 느낌을 가져보라. 그런 일탈의 시간을 가져보라. 그것만큼 좋은 처방전이 없다.

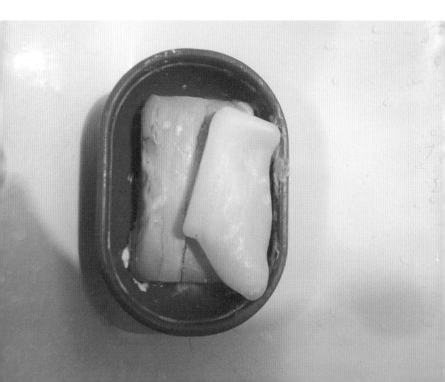

참 어이없게도 난 핑크색을 유난히 좋아한다. 핑크 공주처럼 핑크핑크는 아니지만 핑크를 보면 설렌다. 사진을 찍고 싶어진다. 후배네 레스토랑 화장실에 앉았다. 화장실 온 천지가 핑크다. 카메라를 안 가져왔다. 아쉬우나마 핸드폰으로 찍을까 하다가 언젠가 다시 오게 되면 처음 본 것처럼 찍고 싶다는 생뚱맞은 생각이 들었다.

그리고 1년이 지났다. 난 다시 그곳 화장실에 있었다. 잊고 있었던 그 핑크 화장실이 내게 새로이 다가왔다. 1년 전의 그 핑크 화장실을 까맣게 잊고 있었더랬다. 핑크 벽에 붙어 있는 유머러스한 그림이 살갑다. 설레었다.

인간에게 꽃이
필요할 때

꽃 사진을 찍어야겠다.
삼베 위에다 꽃을 놓고 찍어봐야겠다.
세월 앞에 나약했던 인간의 주검을
그 꽃이 수의처럼 감싸듯이.
사람의 마지막을 덮는 것은
아름다우면 좋겠다.

오기가 필요해

오기가 필요해. 오기가.
올라갈 때가 있으면 내려갈 때가 있는 법이라지만
그러기에는 난 에너지가 너무 충만해.
사람들이, 책들이 내려놓으라 내려놓으라 말하지만
나는 동백꽃처럼 항상 청춘으로 살다가
어느 날 뚝 떨어져 사라질 테야.

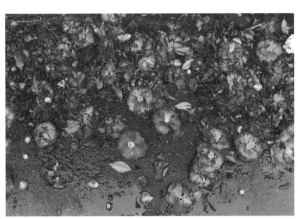

많이 마른. 말라가고 있는 꽃들을 보며
아름답다 생각한다.
이 꽃들은 어떤 시간들을 겪어왔을까.

내가 모르는 시간 속에 들어가는 기분이다.
나이를 알 수 없는, 마른 꽃들이 내게 말을 걸면,
그 시간과 나는 친구가 된다.

우회전 차로를 막고 선 택시에게 방향 지시등을 켠 뒷 차가 빵빵거렸다. 그러나 택시 기사는 그러든 말든이다. 그 운전기사를 욕하기 전에 우리를 되돌아보자. 내 뒤의 사람이, 내 옆의 사람이 힘들다고, 아프다고, 돌아가야 한다고 신호를 보내고 경적을 울렸는데 못 보지 않았나? 못 듣지 않았나? 아니면 못 본 척, 못 들은 척하지 않았나?

시든 꽃에 대한 단상

말리는 건 시간의 기다림. 시간 속에 방치된 것들을 찾아 헤매이기도 했다. 인형, 죽음의 박제, 꽃…. 그것들이 내 마음에 다가오면 찍는다. 혹시 시간이 더 지나서 더 아름다움을 가질지도 모르는 것들. 일단 말려둔다. 땅바닥에 떨어진 나뭇잎을 수년간 주웠었다. 그 많은 나뭇잎들은 다 사라지고, 겨우 바싹 마른 몇 개만 남았다. 그 잎들을 소중히 주워 어딘가에 담았던 나의 마음은 어디로 날아가 버렸는가. 그 나뭇잎들을, 그 마음을 얼려봐야겠다. 그 마음을 박제하여 보관할 수 있으면 좋겠다. 박제기술을 배워보는 건 어떨까. 꽃을 말린다. 10년을 훌쩍 넘긴 마른 꽃을 찍는다. 10년의 기다림을 찍듯이. 시간 속에 갇힌 내 마음을 찍듯이. 얼려봐야겠다. 내 청춘의 마음을 얼리듯, 마음을 박제하듯. 모든 사라져가는 것들을, 보관하고 싶은 것들을….

생이란 순간순간이 쌓여 이루어지는 것.

과거의 나와 현재의 나.

밑바닥에서 가진 것 없었으나 꿈꾸던 나와

너무 많이 가졌으나 불안에 가득 찬 내가.

암흑 같았던 미래도,

용기와 에너지로 맞서던 과거도,

밝으나 위험보단 안전을 선택하는 지금도,

모두 모여 나의 생을 이루겠지.

글을 쓰는 사람들은 탐미주의자거나 몽상가다.
내가 쏟아낸 글들이 진정한 내가 아니거나 미화한 것일까.

나와는 전혀 다른 제3의 인물일지도 모른다는
두려움이 다가온다.

무딘, 이기적인 눈을 가진 그때가 그립다.

경주마처럼 옆을 못 보고 달리던 그때가 아주 그립다.

소리에 놀라지 마라

소리에 놀라지 말자. 비난의 소리에도 칭찬의 소리에도 흔들리지 말자. 나는 나일 뿐이다. 사진 찍는 조선희가 언제부터 그런 소리에 움츠러들고, 그런 소리에 춤을 췄나. 나무는 바람 소리에 놀라지 않는다.

외유내강이 되어야 하는데. 나는 외강내유인 사람이다. 단단한 껍질
을 까면 하얀 속살을 내보이는 갑각류처럼 말이다. 겉으로는 부드럽
고 속으로는 강한 사람이 되어야 한다지만 단단한 껍질을 가지고 있
는 것도 그만의 매력이 있다. 단단한 껍질은 고생 후 굳은 살이 생겨
난 것과 같다. 그렇게 생각하면 된다.

삐뚤게 살기

삐뚤게 살기를
나의 과제로 삼았던 적도 있었다.
그런데 말이야.
비뚤게 살 수 있는 사람이라면
비뚤게 살기를 과제로
삼지 않았겠지.

평화롭고 싶다면 낮은 일을 할 것. 다 같이 하는 일을 할 것.
혼자서 좋은 곳에서 내 주장대로 살면서 평화로울 수는 없는 일.

내 고양이 알렉은 벌써 열다섯살이다.

15년 전 지하 단칸방에 살던 난 함께 외로움을 이겨낼 친구가 필요했다. 친구의 고양이 영희가 낳은, 막 한 달 된 손바닥만 한 아이를 데려왔다. 이름은 알렉스라고 지었다. 알렉스라는 이름이 영화에 나올 때마다 발음이 중성적으로 느껴졌다. 남녀에 다 쓰이는 이름이라 좋았다. 그러니까 알렉의 본명은 알렉스였는데 그냥 어느 날 알렉이 되어 있었다.

알렉은 이상하게 고양이인데도 강아지의 성향을 가지고 있었다. 피곤한 몸을 이끌고 집으로 돌아가면 밤새 놀아달라 내 발가락을 그 작은 이빨과 우둘투둘한 작은 혀로 물고 빨고, 난리가 아니었다. 그놈도 하루 종일 혼자 집에 있는 게 많이많이 외로웠던 모양이다. 그래서 스튜디오에서 키우기로 마음먹고 지하 스튜디오로 데려갔다. 집과 스튜디오를 왔다갔다 같이 출퇴근할까 고민도 했지만, 고양이는 공간

의 동물이라니 그러기도 애매했다. 그렇게 알렉은 하루에도 수많은 사람을 만나며, 조명이 번쩍번쩍 터지는 걸 보며, 많은 스타들과 함께 사진을 찍으며 15년을 한결같이 우리 스튜디오에서 지냈다. 알렉은 가끔 모든 걸 알고 있다는 눈빛으로 우리를 쳐다보기도 하고, 나이 들어 좀 외로워졌는지 이 사람 저 사람의 무릎에 가만히 올라가 앉아 있기도 하고, 어떤 날은 하루 종일 주차장에 앉아 바깥만 바라보기도 했다. 알렉에게 시간이란 어떻게 흘러갈까 궁금했다. 15년이란 시간은 어차피 인간의 시간이니….

《참을 수 없는 존재의 가벼움》을 보면 개의 시간에 대한 묘사가 있다. 개에게 있어 시간은 곧게 일직선으로 이루어진 것이 아니라고 했다. 하나가 지나면 다음 것으로 가는 것이 아니라고. 개에게 시간은 점점 앞으로 멀리 가는 쉼 없는 운동이 아니다. 내게도 하나가 지나면 다음 것으로 가는 것, 점점 멀리 가는 쉼 없는 운동이 아니기를.

111

아들과 제주도에 있는 절에 갔다. 아이가 극복해야 할 것은 심심함이다. 또래 친구도 없고 텔레비전도 없고 아무것도 안 하는 느낌을 아이가 과연 잘 이겨낼 수 있을까?

물론 녀석은 힘들어했다. 스님과 차 마시는 시간을 그리 신나하지 않았으며 몸을 비틀기도 했다. 참지 못하고 가져온 핸드폰으로 몇 번 게임도 했다. 공양 시간에 밥을 다 먹기 싫어 남길까 눈치를 보기도 했고. 이틀째는 감기 기운이 있어 열도 났다.

하지만 생각보다 녀석은 잘해냈다. 벌레가 많은 방을 견뎌냈고, 스님과 계단 뛰어오르기 시합을 하며 숨이 차 죽을 것 같은데도 포기하지 않고, 허리를 바로 세우는 법을 열심히 배우고, 스님과 여러 보살님들과 함께 연등 다는 일을 도우는 척을 했다.

그리고 엄마를 많이 불렀다. 이제까지 엄마를 부른 횟수보다 이번 짧은 여행에서 엄마를 부른 횟수가 더 많을지도 모르겠다. 어둠이 무서워 화장실 앞에 나를 세워 놓고서도, 세수하러 갈 때도. 이 닦으러 갈 때도 계속 엄마를 불렀다. 그리고 결국 '무서움'을 이겨내지 못한 그날 저녁 "무서움이라는 단어가 이 세상에 없었으면 좋겠어"라고 말했다. 나는 속으로 웃으며 말했다.

'엄마는 오늘 처음으로 그 무서움이라는 단어가 있어서 참 좋다.'

위기와 위험의 차이

생각해보니
인생이 언제나 위기투성이였다.
다행이다.
그래서 위험은 없었다.

타인의 잘못을 콕 꼬집어 꾸짖지 않을 것.
그렇게 하지 않아도 그들도 안다. 누군가 나의 잘못과
이상한 점을 콕 짚어 말하면 기분이 어땠던가?
아무리 좋아하던 사람도 오만정이 다 떨어지지 않던가?

헤르만 헤세가 말했다. '나 자신을 다른 사람이 아닌
나로부터 이해받고 싶다.' 나답다. 누구답다라는 말만큼
폭력적인 말이 어디 있을까? 꼭 '다워야' 하는 건
아니지 않나? 매 순간 지금의 내가 낯설고 서툴다.
내 인생의 이 순간, 이 봄, 이 해, 모든 게 나도 처음이라
서툴다. 그러니 내가 나를 낯설게 여기는 건 당연하지.

우리에게 주어진 것

이 또한 지나가리니.
새로운 날이 주어지면
우리에게 주어진 상이라 생각하자.

익숙해져야 새로움을 만든다. 처음 새로운 것을 배울 때

우리는 새로움을 만든다고 여기지만 사실은 그렇지 않다.

아이러니하게도 우리는 그 새로운 것에 익숙해질 무렵
혹은 익숙해졌을 때야 비로소 새로운 것을 만들 수 있다.

나를 보호하는 가시

친구가 말했다.
우리 이제 우아하게 일해야 할 때라고.
내가 말했다.
우아하다는 표현은 나와 어울리지 않아.
친구가 말했다.
그럼 넌 강건하게 살아.
그리고 그게 너에게 더 어울린다며 웃었다.
그래, 강건하게 살아보자.
그렇게 말하고 나니 내 안에 나를 보호하는
튼튼한 가시가 하나 더 생겼다.

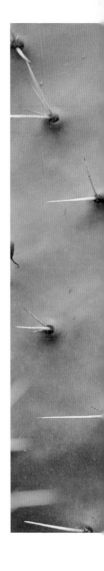

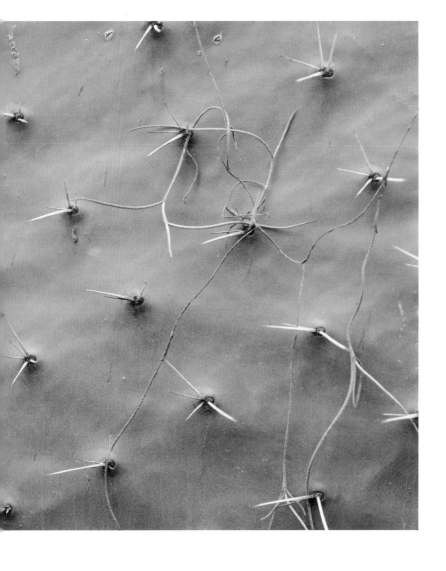

앙드레 지드를 보며 생각한다.

자두를 보고도 감동하는 것이 시인의 재능이다.

무엇이든 허투루 보지 않고 허투루 듣지 않는 것이 재능이라는 뜻이다.

남들이 보고 느끼지 않는 것을 보고 느끼고,
그 느낌을 사진으로 찍어 낼 수 있는 것이
사진가의 재능이다.

순간에 온 마음을

어떤 이들은 미래의 중요성을 강조한다. 어떤 이들은 오늘의 충실함을 강조한다. 이 두 가지는 서로 대치되는 게 아니다. 왜냐하면 우리가 사는 모든 시간에 벌어지는 숱한 일들은 아무 이유 없이 일어나지 않기 때문이다. 모든 일에는 이유가 있고, 그것들은 시간의 흐름 속에서 모두 연결되어 있다.

심지어 아주 단순한 일도 단순히 한 가지 이유로 일어나지 않는다. 수없이 많은 이유들이 모여 하나의 일이 일어난다. 우리 삶은 그 어느 것 하나도 독립적이지 않고 유기적이다. 과거의 나의 어떤 말들과 행동들이 10여 년이 지나 되돌아오는 일이 허다하다.

인생에 그 무엇 하나도 우연은 없다. 오늘 일어난 일은 일어나기로 이미 오래전에 예정되어 있었던 것이다. 오늘 일어난 일은 오랜 시간이 지난 후의 어떤 일을 예정하는 것이다. 오늘에 충실하다는 것은 미래를 예언한다는 것이다. 오늘이 행복하지 않은데 내일이 달라질 리 없다. 그런 점에서 우리는 모두 예언자다. 미래가 궁금할 이유가 전혀 없다. 나의 오늘이 이미 내일을 예언하고 있기 때문이다.

그래서 오늘을 잘 견디는 것이 중요하다. 잘 산다는 게 별거 있을까. 오늘 나에게 주어진 외로움을 잘 견디는 것 아닐까. 오늘 외롭다고 내일도 외로우면 어떻게 할까 걱정하지 말자. 오늘의 외로움을 잘 견디면 내일을 걱정할 필요가 없을 테니.

사진 찍는 직업을 갖고 있으면, 이 오늘과 내일의 관계가 본능적으로 몸에 스며들게 된다. 셔터를 한 번 누를 때에도 온 마음을 다해 할 수밖에 없다. 지금 이 순간은 곧 사라진다.

그리고 곧 사라질 그 '순간'이 나의 미래다.

시간이 흐른 것만으로도
영원할 것 같았던 아픔이 흐려진다

"어른이 된다는 건 상처받았다는 입장에서 상처 주었다는 입장으로
가는 것. 상처 준 걸 알아챌 때 우리는 비로소 어른이 된다."
저장해두었던 노희경 작가의 한 글귀에
안도의 한숨이 내쉬어진다.

아, 나만 그런 게 아니었구나.

그놈

그놈을 생각하면
입술이 달콤해지고 가슴팍이 먹먹해진다.
그놈을 생각하면
혀끝에 토종 꿀맛이 느껴지고, 눈가에 짠내가 난다.
그때 그놈은 막 아홉 살이 되기 전이었다.
나의 아홉 살이 떠올랐다.
이름은 잊어버린,
처음 친구라고 여겼던 친구가 어디론가 떠나갔고,
처음으로 공부라는 걸 잘해서 관심을 받았고,
그 관심이 사랑이라 느꼈던 때.
어린 '나'라는 자아가 실질적으로 발현되었던 나이.
내 아이도 아홉 살을 겪었다.
무엇이든 또렷이 기억할 나이, 아홉 살.
그놈을 그냥 내버려둬야지.
그놈을 내 생각처럼 만들려고 하지 말아야지.
내 엄마가 그랬던 것처럼
스스로 생각하고 자라도록 내버려둬야지.
실수도 하고, 잘못도 하며, 스스로 깨우치도록.
아들아, 네가 커서 이 글을 읽게 되었을 때
엄마가 그렇게 하지 못했더라도 이해해다오.
늘 다짐을 하지만⋯, 엄마여서 그렇게 못했음을.

난 누군가 물려준 무엇인가를 갖고 있는 이들이 참 부럽다. 누군가가 썼던 물건을 물려받거나 누군가가 남긴 물건을 간직하는 것만큼 아름다운 일이 또 있으랴. 과거에 연연해하지 않고 현재를 즐기려 노력하는 것이 내 삶의 모토이지만, 과거의 누군가의 이야기를 추억하고 기억하는 일은, 그것이 구구절절한 사랑이 아니더라도 아름답기 그지없는 일이다. 난 아버지로부터도, 할머니로부터도 물려받은 어떤 물건이 없다. 내가 간직한 건 단지 그들의 사진 두어 장이 전부다. 한

후배가 엄마의 장례를 마치고 내게 엄마가 즐겨 입으시던 거라며 건넨 코트가 있다. 누나가 가끔 입어주면 엄마도 기뻐하실 거라며. 찬 바람이 불기 시작하면 입는 이 코트를 보고 사람들이 멋지다며 어디 거냐고 묻곤 한다. 사연을 모르는 그들 눈에도 이 코트가 아무래도 특별해 보이나 보다. 후배 어머니와 난 어떤 특별한 관계도 아니었지만, 그 코트를 꺼내 입을 때마다 한 겹씩 인연이 쌓인다.

글을 쓴다는 것

문득 생각해보니 나의 글쓰기는 아빠에게 편지를 쓰면서 시작된 것 같다. 나는 아빠의 마지막을 보지 못했다. 어쩌면 그 편이 다행이라는 생각이 든다. 그랬다면 지금보다 훨씬 더 죽음이라는 명제에 사로잡혀 있었을지도 모를 일이다.

대신 그리움이 짙게 남았다. 혼자 감당할 수 없는 어떤 감정들에 휩싸였을 때 나는 아빠에게 편지를 쓰고는 불태워 버렸다. 그러고 나면 뭔가 가슴이 뚫리고 다시 열심히 살아갈 힘이 생기곤 했다. 아빠에게 쓰는 편지는 나의 피난처요, 은신처였다.

글을 쓴다는 것은 나를 치유하는 행위다. 흘러가 버리는 내 심장의 독백을 담아두는 저장고이다. 또한 그리움이다. 내가 좋아하는 박범신 작가의 말처럼.

그리움, 글, 그림은 모두 '긁다'에서 온 말이라고 한다. 어떤 생각이나 풍경을 마음속에 긁는 것이 그림이고, 글자로 새기는 것이 글이라는 것이다. 내 마음에 굵게 긁힌 그날의 기억이 나로 하여금 글을 쓰게 만들고 사진을 찍게 했나 보다.

오랜만에 아빠에게 편지를 써야겠다.

내 마음에 파도처럼 일렁이는 글귀들은 요리 되기를 기다리는 냉장
고 속 식재료마냥 글 창고에 가득 차 있다가, 이걸로 꼭 요리되어야
한다고 아우성치며 차오른다.

그 차오름이 좋다. 차오를 대로 차올라 글로 옮기지 않고는 못 견디는
그 격렬함은 격렬하다 못해 서로를 할퀴는 애정 같아서 좋다.

죽음 앞에 선 어느 날, 난 많은 후회를 할 거다. 나를 쫓느라, 내 꿈을
쫓느라, 내 욕망의 전부인 사진을 쫓느라 맘껏 사랑해주고 돌봐주지
못한 이들에게 미안하고 미안해서.

그게 전부가 아니었는데 왜 돌아보지 못했냐고 내 가슴을 피멍이 들
게 치며 후회하고 후회할 거다. 그래도 어쩔 수 없다. 아직 죽음에 직
면하지 못한 난, 여전히 발을 동동 구르며 내 꿈을 쫓는 것이 좋다. 내
꿈이 20년 전의 것, 10년 전의 것, 1년 전의 것과 다를지언정….

난 언제나 꿈꾸는 청년이다. 이리 살아도 한세상 저리 살아도 한세상
이 아닌 나만의 세상을 꿈꾸는 청년. 내 심장이 시퍼렇게 멍이 들어
온통 보랏빛이라도 난 여전히 청년이고 싶다. 어쩌면 화가 많은 나도,
당신도 청년이어서 그런 거다. 많이 아프고, 목청 높여 싸우고 울어버
리는 것도 아직 청년이어서 그런 거다. 청년은 아프다. 나는 늘 아프
다. 아프지 않는 난 죽은 나 같다.

아침을 안 먹으려고 했는데, 배에서 꼬르륵
소리가 난다. 저쪽 방에서 엄마의 커다란
목소리가 들리는 걸 보니 우리 아들이 일어났나 보다.
밥을 빨리, 많이 먹으라는 할머니와 금방 일어나서
밥맛 없어 하는 손자의 매일 반복되는 사랑 싸움.
나는 상상해본다. 혹시 어쩌면, 환생이라는 게 있다면
우리 아들은 내 아빠의 환생이 아닐까 하고.
너무 젊은 나이에 혼자 두고 간 엄마에게 미안해서,
30년을 침대 머리맡에 아빠 사진을 두고 사는 딸이
안쓰러워서 다시 와준 아빠의 환생.
할머니와 손자가 티격태격하는 모습을 보고 있자면
옅은 미소와 함께 그런 상상이 간다.
이제 그 티격태격을 보러 가봐야지.

143

불안이라는 에너지

불안했다. 내가 없어도 이 바닥은 잘 돌아갔고, 쟁쟁한 후배 사진가들이 나타나고, 10년 넘게 '그 바닥'에서 전성기를 누린 나는 그렇게 사라져가고 있는 것만 같았다. 디지털이니 뭐니 모르는 용어들이 꽉 채워져 있었고, 나와 관계를 이루던 수많은 이들이 새로운 관계를 이루며 나와는 상관없이 잘 살아가고 있었다. 두려웠다. 마치 영원히 사라질 것만 같았다. 포기하고 싶기도 했다. 그 시절을 견디게 한 것이 바로 그 '불안'이었다. 불안하니까, 움직일 수 있었다.

열등감을 대하는 법

열등감은 자기 비하로 끝나지 않는다면
자기 발전을 위한 훌륭한 땔감이 된다.
가장 해서는 안 되는 것은
이대로 멈춰 서는 것이다.

난 늘 공동묘지가 아름다웠다.

공동묘지엔 뭐라 형언할 수 없는 고즈넉한

반복의 아름다움이 있다고 생각했다.

프라하의 유대인 공동묘지에서 느낀 이상한 긴장감과 고즈넉함.

이스탄불의 길을 걷다가 작은 유리창 너머로 들여다보았던
어떤 뜰의 작은 공동묘지. 그곳에서 느낀 알 수 없는 안도감.
행복했든 불행했든 요란했든, 예측불허의 삶을 살다간
모든 죽은 자에게 박수를. 내 아버지를 포함하여.

미지의 세계에서
나를 경유하다.

세 번째, 여행

1

나의 나침반은 여전히 침이 흔들리고 있다.

나의 방향이 조금만 더 선연해지기를 바랄 뿐이다.

2

이번 여행에서 뚜렷하게 깨달은 것은 '렛잇고'.

그저 흘러가게 내버려둘 필요가 있다는 것을 깨달았다.

무엇이든 내 스스로 결정하고 내 힘으로 해오고

내가 콘트롤하다 보니, 모든 일의 옳고 그름을 판단하고

가르치려는 못된 습성이 배었다.

난 이곳에서 낯모르는 이방인들과 나보다 10여 년은

어린 소년과 감정 다툼을 하고 있는 나를 발견했다.

3

그 누구도 이름을 알 수 없는 곳.

그 어느 것도 아닌 어떤 곳.

그곳에 서자, 난 이제 겨우 스타트라인에 선 듯했다.

10여 년 전 잉카 트레일에 대해 처음 접했을 때,

마추픽추를 기차 타고, 버스 타고, 그렇게 하루 코스로 가지 않고,

꼭 잉카인처럼 걸어서 가리라 마음먹었었다.

마음먹었던 것은 꼭 실행하는 성격이다.

그래서 20~30대가 거의 대부분이고,

한국인은커녕 동양인도 거의 없는 길을 3박 4일간 걸었다.

'말'의 소중함과 그 '말'의 부질없음을 느끼는 시간들이었다.

덕분에 더 내면으로 들어갈 수 있었는지도 모르겠다.

가장 달콤한 쾌락과 가장 생생한 기쁨을 맛보았던 시기라고 해서 가장 추억에 남거나 감동적인 것은 아니다. 황홀과 정열의 순간들은 그것이 아무리 강렬한 것이라 할지라도, 아니 바로 그 강렬함 때문에 인생 행로의 여기저기 드문드문 찍힌 점들에 지나지 않는다.

오히려 내 마음의 그림을 자아내는 행복은 단순하고 항구적인 어떤 상태다. 시간이 지날수록 매력이 더 커져서 마침내 극도의 희열을 느낄 수 있게 되는 그런 상태다.

내 마음의 바다

비행기에서 솜사탕으로 가득 찬 바다를 보았
다고 생각했다. 자주 꾸던 꿈이 생각났다. 심
연의 바다를 고래와 함께 헤엄치는 꿈. 바닷
속 깊이 어떤 동굴 안일 때도 있고, 아무것도
존재하지 않는, 텅 빈 것같이 황량한 바닷속에
돌고래와 나만이 존재할 때도 있는, 짙은 푸른
바다 꿈이 가끔 나를 찾아온다. 오래도록 그
꿈이 무엇일까 생각했었다. 문득 비행기에서
구름을 가득 안은 바다를 보며 떠올랐다. 그것
은 여행에 대한 목마름이었다. 낭자로 떠돌고
싶은 오랜 바람의 발현이었다.

모든 건 시절의 인연이 있단다.
그래서 기다림의 시간이 필요하다.

뭔가를 얻고 싶다면

'농작물은 주인 발소리를 듣고 큰다'는
말이 있다.
자주 가고 자주 들여다보고 하지 않은 것에서
뭔가를 얻으려고 하지 말 것.

내 마음의 빈 공간

내 마음에는 빈 공간이 있다. 맨 처음 이 공간을 알아챘을 때, 무엇으로부터 누구로부터 생겼는지 알 수 없었다. 지금도 왜 그런 공간이 있는지 잘 모른다. 다만 그 공간을 채우려고 몸부림쳐왔다. 못 채우면 실패하는 삶이 되는 것 같았다.

지금도 마찬가지다. 마음의 공간을 남겨두고 끝내고 싶지 않다. 빈 공간을 남기고 아파하고 싶지 않다.

간혹 이제는 체념이라는 것을 배우고 싶을 때가 있다. 더 이상의 소망이 없는 삶을 살고 싶을 때가 있다. 그러나 그렇다 해도 그 고독의 공간은 사라지지 않는다는 것을 안다. 이제는 안다. 그래서 오늘도 여전히 그것을 채우려고 애쓴다. 그것이 내가 삶을 사랑하는 방법이다.

어떤 천국

한여름의 불타는 태양을 기대하며 왔다. 베트남 나트랑의 바닷가에는 곧 폭풍우가 몰아칠 듯 거센 바람과 파도뿐이었다. 저 밑바닥의 에너지까지 다 써버렸다는 신호인지 피부를 송곳으로 찌르는 듯한 몸살이 왔다. 걸을 때마다 아팠다. 그래도 이곳까지 와서 처량하게 누워 있고 싶지는 않았다. 가져온 두꺼운 옷을 껴입고 수건으로 발을 꽁꽁 싸매고, 거센 바람을 온전히 받아내며 해변에 누웠다. 바닷가 옆 동산에는 하얀 불상이 보였다. 이곳에 웬 하얀 불상일까. 그 불상을 찾아 발걸음을 옮겼다. 한 계단 한 계단 오르는 것이 아주 힘겨웠다. 그렇게 걸어 눈앞에 펼쳐진 광경을 맞이했다. 그곳은 절이었다. 금색으로 찬란하나 고요하고 엄숙했다. 천국이 있다면 아마 이런 소리를 품은 곳일 것 같았다. 저음과 고음의 풍경들이 바람에 춤추고 있었다. 고요함 속에 흩어지며 하모니를 이루어냈다. 한참을 앉아 있었다. 처음으로 사진에 소리를 담을 수 없음이 못내 아쉬웠다. 생전 다시 이 음률을 들으러 올 수 있을까. 카메라에 담을 수 없는 소리에 취해 나는 춤을 추듯 셔터를 눌렀다. 소리를 찍을 수 없을지언정 이것을 담고 싶었다. 셔터 소리와 풍경 소리는 더욱 절묘한 화음을 이루며 내 기억 속에 또 다른 소리로 각인되었다. 어떤 천국의 소리였다.

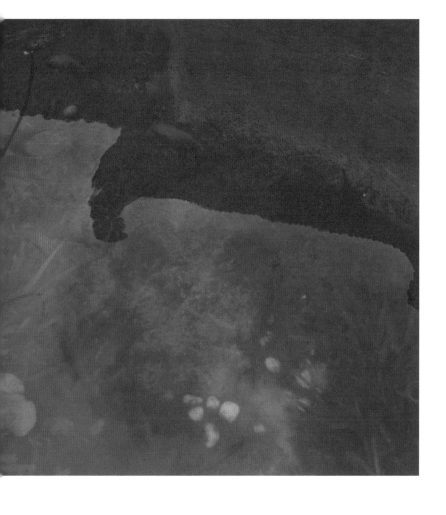

'그들의 장소'까지는 25분이 걸린다고 했다. 해가 지기 전에 밥을 먹고 석양을 보고 돌아오면 되겠다고 생각했다. 하늘을 뭉쳐 놓은 것 같은, 거대한 바위들로 이루어진 황량한 사막을 걷고 또 걸었다. 날은 금세 어두워졌다. 달이 아주아주 밝았다. 저녁은 구경도 못한 채, 별과 모닥불과 완전히 가시지 않는 두려움과 의심 사이에 놓여 있었다. 이제 우리의 의지와 상관없이 모든 것을 내려놓게 되었다. 이들의 시계는 분명 우리와 다르게 돌아가고 있음이 분명하다. 아니면 그들에게 시간 따위는 전혀 중요하지 않은지도 모르겠다. 그렇게 우리는 그곳에 머물렀고, 이제 그곳이 우리 가슴에 머물게 되었다.

인생이란 길에서 만나는 오르막과 내리막. 내리막에 익숙치 않은 사람은 내려가는 연습이 필요하다. 길이란 오르막인가 싶다가도 모퉁이를 돌면 내리막을 만나기도 하고, 쭉 내리막인가 싶다가도 다시 오르막을 만나기도 한다.

그 누구도 내가 내리막을 걸어 내려가고 있는지 오르막을 오르고 있는지 알기 쉽지 않은 듯하다. 나도 지금 어떤 귀퉁이를 돌아 어떤 길이 내 눈 앞에 펼쳐질지는 잘 모른다. 하지만 언제 만날지 모르니 많이 비탈진 내리막길을 잘 내려가는 연습이 필요하겠지.

얼마나 덜 잃느냐가 문제야.

그 말에 한 대 맞은 것처럼 멍했다.

덜 잃는다는 것에 대해 생각해본 적이 없었다.

얻거나 잃거나. 둘 중 하나.

그런데 다른 차원의 질문이다.

아, 덜 한다는 것. 더 한다는 것.

그런 간단한 명제를 인식조차 못하고 살아왔네.

사막에서도 꽃이 핀다. 작은 꽃이.

사막에도 풀과 벌레들이 있다. 작은 풀과 작은 벌레들이.

작으니까 그곳에서도 살 수 있는 거다.

Restaurante Vegetariano
"Ecocheff"
Más calidad de vida
Vergel

인생의 끝을 볼 수 있을까

"나는 끝이 없다 생각하지만
난 결국 그 끝이 보여."
끝은 있으나 끝이 보이지 않는 것이
인생인데. 쓰고 나니 참 이상한
문장이다. 끝이 보여서 현재를
미리 버리고 아파하고 고민하는 거
너무 바보 같지 않나.

내게 여행이란 사색의 공간으로 떠남을 의미한다.
내 비행기 안에서의 사치는 세상 모든 것의
소식으로부터, 모든 것으로부터의 두절이다.
군중 속의 고립은 나를 사색의 바다로 이끄는 돛이다.

난 견디고 있는 거다. 나의 꿈이나 열정이나
내 스스로에게 마법을 걸면서

4일 동안 4200고지를 넘어 45킬로미터를 걸었는데,
그 길을 걷는 동안 대자연이 내게 훌쩍 다가오며 알려준 것은
'모든 것들은 결국 자연의 조각pieces of nature'에
불과하다는 생각이었다.

아우디는 몇 살이야? 에이지 이즈 낫 임포턴트. 난 내 나이를 몰라. 그런 게 왜 중요해? 학교는 다녔어? 다녔지. 인생학교. 우리 삶이 학교잖아. 라이프 이즈 라이프. 어떤 사람들은 그 라이프를 놓치며 살기도 하지.

마치 나를 두고 하는 말 같았다. 그러고는 더욱 뭔가를 안다는 눈빛으로 우리를 바라보았다. 20년은 나보다 덜 살았을 것 같은 그 아이는 인생에 대해 통달한 느낌이 들었다. 나이를, 학교를 물어본 내가 왠지 작아지는 느낌이 들었다.

게으름을 피우는 것도 노하우가 필요한가 보다.

게을러지겠다고 게을러지겠다고 하고 있는데

계속 시간을 낭비하고 있다는 느낌만 든다.

뭐든 습관이 들어야 하는구나.

게으름에도 게으른 습관이 들어야 하는구나.

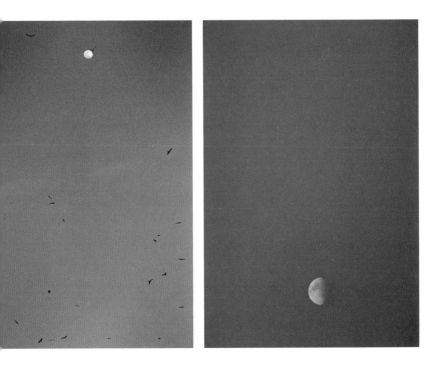

속도에 중독되면 어떤 기억을 저장할 여유와 느림이 없다.

알지 못해도 된다

타향의 새벽. 국적 불명의 언어로 두런두런 이야기를 나누는 소리가 좋다. 그 이야기들이 이해 가능한 언어였다면 지금 내 귀에 속속들이 꽂혀 나의 새벽을 방해했을 것이다.

가끔씩은 아는 것도 모르는 척하며 사는 게 괜찮다는 걸 지금에야 깨닫는다. 내가 알고 있는 것을 다 밖으로 내뱉고 살지 않아도 된다는 걸 지금에야 깨닫는다. 동행 셋 중에 나만 모르는 비밀이 있어도 된다는 것을, 내가 꼭 알려고 애쓸 필요가 없다는 것을 지금에야 깨닫는다. 또한 그 사실을 알면서 모르는 척하고 있음을 내색할 필요도 없음을…. 참 오래도록 그런 행동은 비겁하거나 내 자신이 바보 취급 당하는 거라 여겼다.

아니었다. 그냥 그대로 놓아두는 것이 어떤 평화를 유지하는 데 도움이 된다는 것을 지금에야 깨달았다. 내가 조금 바보스러워도, 그것도 어떤 평화를 위해 꽤 괜찮은 일임을 지금에야 깨닫는다.

세계를 깨닫는 순간

책 속에 들어가 있으면 새로운 세계와 마주하게 된다.
그리고 다시 그 세계에서 나오면 깨닫는다.
그동안 내가 찻잔 안의 태풍에 신경 쓰느라
더 넓은 세계를 못 보고 있었음을.

난 아주 가끔 도둑이 된다. 아주 조그만 도둑이 된다.
돈이 아무리 많아도 사기는 어려운,
아주 하찮은 물건을 훔치는 도둑이 된다.
오늘도 엄지 손톱만 한 허접한 플라스틱으로 만들어진,
일회용 소금통과 후추통을 슬쩍했다.
이게 기내식 가격에 포함되어 있는 건지도 모를 일이지만.
이걸 가져도 되는지 물어보는 것도 귀찮고,
왜 갖고 싶어 하는지 의아한 눈길을 받는 것도 싫다.
난 가끔 도둑이 된다. 난 가끔 도둑이 되는 내가 나쁘지 않다.
시골길 담벼락에 익어가는 감나무 한 가지를 몰래 꺾어
숙소로 돌아올 때 난 감나무 가지와 추억을 훔친 거다.

요즘 들어 사진 찍는 일이 즐겁지가 않아.

이렇게 말하니 누군가가 대답했다.

이 나이에 신나게 재미있어서

일하는 사람이 누가 있겠어.

그러자 내가 대답했다.

왜? 왜? 왜 없어?

즐겁지 않은 내가 사라졌다.

떨어져 나온 것들

아이슬란드 요쿨살론에 빙하가 있다고 해서 멋진 그림을 상상하며 들떠서 갔다. 물론 멋지고 오묘했다. 레이캬비크에서 함께 온 촬영 가이드도 이렇게 큰 빙하 조각은 처음 본다고 했다. 그 빙하는 이곳에서 얼어 있는 게 아니라 저 북쪽에서 녹은 빙하가 떨어져 나와 여기까지 밀려온 거란다. 떠내려온 빙하라니. 곧 더 큰 빙하 조각이 떠내려오겠지. 갑자기 가슴이 아팠다.

난 어릴 적부터 소시지를 참 싫어했다. 정체불명의 무엇들이 뒤섞여 버무려진 듯한 그 음식이 거북했다. 그런데 어느 순간부터 맥주 바에서, 비행기의 아침식사에서 소시지를 주문하고 있는 나를 발견한다. 내가 도대체 언제부터 소시지를 찾게 되었지? 언제부터 내 입맛이 변했지?

그러고 보면 삶의 모든 것이 비슷하다. 내 머릿속에 박힌 좋고 나쁜 것, 도덕적인 것과 비도덕적인 것, 혹은 내가 사회에 길들여져, 혹은 개인적인 취향으로 정해 놓은 모든 관념들이 어떤 한 가지 경험이나 사건으로 뒤엎어져 버릴지도 모른다. 특별한 사건이 아니어도 어느 순간 바꿔어 있을 수도 있다.

그러니 어느 날엔가 나의 모든 것을 뒤집어 놓을 어떤 사건이나 기억이 생긴다면, 그것을 초연하게 받아들일 마음의 넓이와 깊이를 가지고 있어야 한다. 그것을 희망한다.

나는 또 희망한다. 어느 날엔가 지금까지의 내 모든 것을 뒤집어 놓을 어떤 일들이 내게 일어나기를.

무엇을 선택하든 불완전하다.

선택이란 단어 자체가 불완전하지 않은가?

"선택한다는 것은 나머지 전부를 영원히, 완전히 포기하는 것"이라는

앙드레 지드의 말처럼,

선택이란 내겐 고르지 않은 것을 버리는 것으로만 보인다.

한쪽 길을 선택하면 다른 길은 못 가보는 것이
인생의 진리이다.
그래서 난 순간의 선택이었다고 해도,
후회하지 않으려 노력한다.

생각을 만드는 시간

혼자인 시간은 생각을 만든다. 사람들과 바닷가 근처에 함께 가게 되면 꼭 시간을 내어 혼자 밖으로 나간다. 혼자인 시간. 파도 소리는 그 시간에 가장 어울리는 자극이다. 무리 속에서 빠져나와 우두커니 앉아 있는 이 짧은 순간이 좋다.

혼자 있는 시간은 세상을 바라보는 눈도 열리게 한다. 짧은 고독이 주어질 때, 보이는 모든 것이 찍고 싶어질 때가 있다. 방에 덩그러니 놓고 나온 내 카메라가 못내 아쉬워 핸드폰으로라도 사진을 찍는다. 왜 혼자 있을 때 생각도 만들어지고, 눈도 만들어지는 것인가.

《디모데의 일기》에 따르면, 하느님이 고난을 주시는 것은 두려워하는 마음을 가지라는 뜻이 아니란다. 사랑과 능력 그리고 근신하는 마음을 되새기라는 뜻이라고. 경건의 연습이 필요하다. 고난 없이는 영적인 눈물이 없다. 근신하는 마음, 스스로 경건해지는 마음.
《중용》 23장 또한 스스로 경건해지는 마음인 듯싶어 옮겨 적어본다. 그리고 다시 또 읊조려본다. 오늘은 마흔다섯 번째 생일날 아침이다. 부엌에서 구수한 미역국 냄새가 풍겨온다. 난 《중용》의 이 구절을 읊

으며 내가 선물 받은 새로운 날을 시작하려 한다.

"작은 일도 무시하지 않고, 최선을 다해야 한다. 작은 일에도 최선을 다하면 정성스럽게 된다. 정성스럽게 되면 겉으로 배어 나오고, 겉에 배어 나오면 겉으로 드러나고, 겉으로 드러나면 이내 밝아지고, 밝아지면 남을 감동시키고, 남을 감동시키면 이내 변하게 되고, 변하면 생육된다. 그러니 오직 세상에서 지극히 정성을 다하는 사람만이 나와 세상을 변하게 할 수 있는 것이다." —《중용》 23장

그날따라 달빛도 없었다. 혼자 무작정 아테네에서 미코노스행 배를 탔고, 새벽 세 시 미코노스에 도착했다. 어떤 작은 불빛은커녕 달빛도 없는 칠흑 같은 어둠의 밤이었다. 이대로 나 혼자 사라져 버린들 내가 살아온 흔적도, 존재의 여부조차도 그 늪 같은 어둠이 삼킬 것만 같았다. 10여 년이 지난 지금도 가끔 생각나는 그런 어둠···. 어릴 때부터 유난히 어두운 게 싫어서 불을 켜놓고 잤었다. 요즘도 가끔 어둠 속에 무엇인가 있는 듯한 착각이 들어 불을 켜고 비춰본다. 어두운 긴 터널 같은 '변소' 가는 길이 무서워 쌀 뻔한 게 한두 번이 아닌 나였다. 그런 어둠이 싫어 빛이 없으면 존재할 수 없는 사진이 좋았던 걸까? 서른둘이던 나는 그 어둠 속에서 사라져 버릴까 봐 두려웠다. 스물 몇 해를 살았던 그때는 사라져 버리고 싶었는데, 막상 그 어둠이 나를 집어삼킬 것 같아 두려웠다. 이제는 마흔 몇 해를 산 나, 그래도 여전히 그 '어둠'이 두렵다.

남들 사는 이야기를 기웃거리다 보면 어떤 표현에
매혹될 때가 있다. 아름다운 발견. 마음 깊은 곳의 폐허.

타지에서 빈둥거리는 시간은 아무것도 존재하지 않는,
나 홀로 있는 우주 속에 덩그러니 떨어져 있는 느낌이다.
시간의 연속성에서 이탈해버린.

포기 또한 용기인 것을

몰랐었다.

아득바득 내가 원하는 것을 향해 나아가고,

목소리를 내질러 내가 옳다고 생각하는 것을,

내가 원하는 것을,

나와 함께 살아간다고 믿는 이들에게 말해왔다는 것을.

세상에 알리는 것이 용기라 생각했다.

단 한 번도 생각해본 적 없다.

포기 또한 용기라는 것을.

그래서 다시 말해본다. 포기도 용기다.

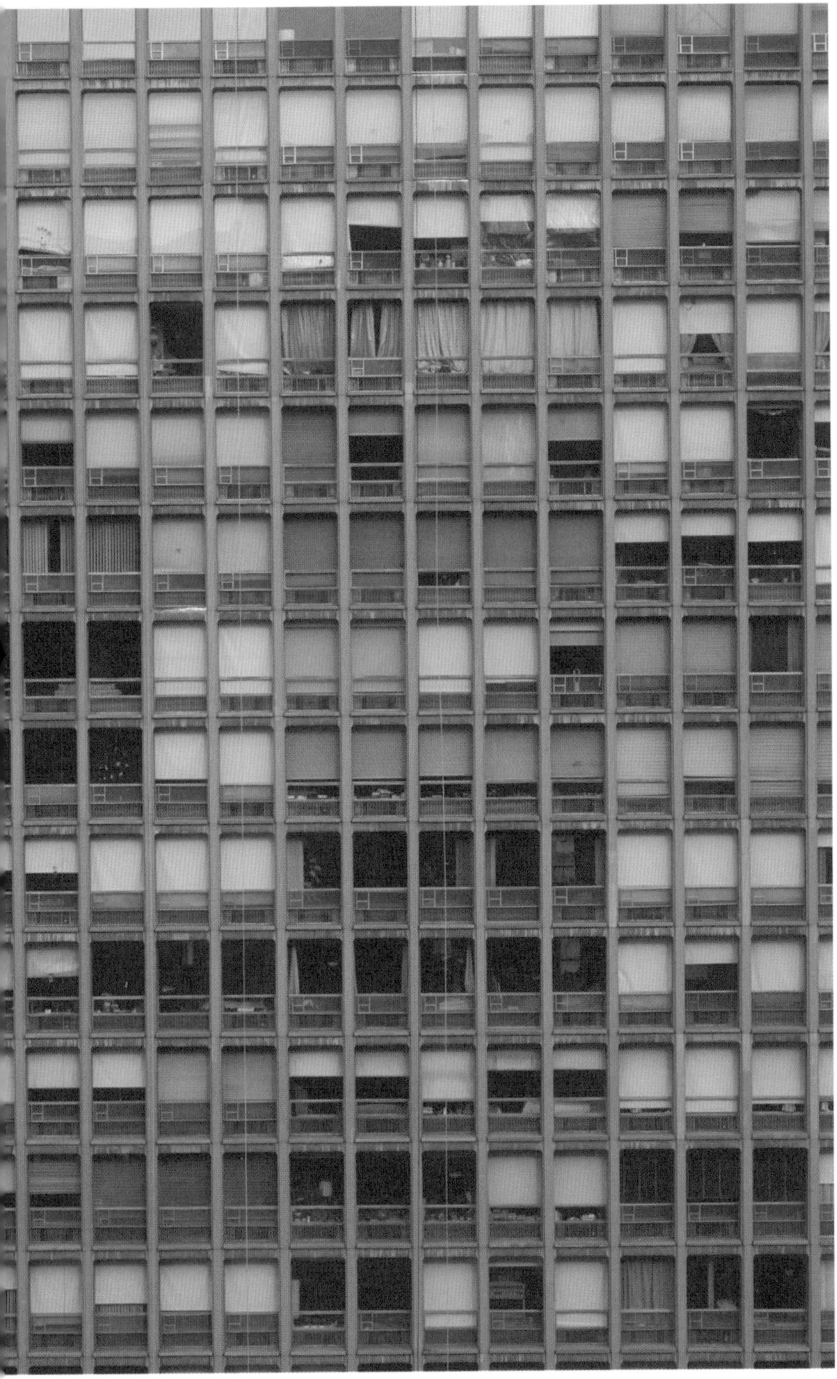

내 안에는 내가 너무도 많다.

그리고 끊임없이 묻는다.

너는 대체 누구니? 너는 잘 살고 있는 거니?

이런 질문이 나를 괴롭힐 때 나는 길을 떠난다.

인도로, 안나푸르나로, 페리토 모레노로….

또 다른 '나'와 마주하기 위해.

지금 또 '너 지금 뭐 하고 있니?'라고

내 안의 또 다른 내가 묻는다.

또 떠나야 할 때가 왔나 보다.

깨어나고 싶은 순간

뭔가 불확실한 것을 찍고 싶은 욕구가 치솟는다.
그러려면 늘 보는, 느끼는 곳이 아닌,
새로운 잠 속에서 깨어나야 한다.
깊은 잠에서 깨어나 완전히 이성적으로 생각하기 전,
그러니까 좌뇌의 사용이 더딘 그때,
아스라한 빛과 침대보가 만든 주름이 다르게 보이는
그런 뇌를 가지고 아침을 만나고 싶다.
아주 연한 빗소리가 귀에 들리는
그런 예민한 귀를 갖는 아침을 자주 만나고 싶다.
오늘의 이 빗소리는 들어본 적 없는 느낌을 가졌다.
아주 천천히 방울 맺히는 소리가 들린다.

내 마음의 빈 공간

영혼의 허기와 삶의 열정을 채우는
조선희의 사진 그리고 글

초판 1쇄 발행 2018년 11월 9일

지은이 | 조선희
발행인 | 문태진
편집장 | 서금선
편집 | 김혜연   편집1팀 | 김혜연 박은영 전은정
디자인 | 이현주

기획편집팀 | 김예원 임지선 정다이   디자인팀 | 윤지예 이현주
마케팅팀 | 양근모 김자연 김은숙 이주형
경영지원팀 | 노강희 윤현성 이지복 이보람 유상희
강연팀 | 장진항 조은빛 강유정 신유리

펴낸곳 | (주)인플루엔셜
출판신고 | 2012년 5월 18일 제300-2012-1043호
주소 | (06040) 서울특별시 강남구 도산대로 156 제이콘텐트리빌딩 7층
전화 | 02)720-1034(기획편집) 02)720-1024(마케팅) 02)720-1042(강연섭외)
팩스 | 02)720-1043 | 전자우편 books@influential.co.kr
홈페이지 | www.influential.co.kr

ⓒ 조선희, 2018
ISBN 979-11-86560-83-9 (03810)